제9회

한국시조대상 수상작품집

제9회

한국시조대상 수상작품집

수상작 및 추천우수작 수록

고요아침

제정 및 심사 경위

한국시조대상韓國時調大賞은 세계시조사랑회가 주최하고 계간 ≪시조월드≫가 주관하여 2007년 제1회 수상자로 최승범 시인을, 2008년 제2회 수상자로 김제현 시인을 선정하였습니다. 이후 잠시 중단되었다가 ≪시조시학≫사에서 새롭게 운영을 맡아 2013년에는 제3회 수상자로 윤금초 시인을, 2014년에는 제4회 공동 수상자로 정수자 시인과 홍성란 시인을, 2015년 제5회에는 박시교 시인을, 2016년 제6회에는 오승철 시인을, 2017년 제7회에는 이근배 시인을 수상자로 선정하고 2018년 제8회에는 이일향 시인을 수상자로 선정하고 우수작과 함께 수상작품집을 발간하였습니다. 올해 2019년 제9회에는 오종문 시인을 수상자로 선정하고, 우수상에는 박현덕, 이승은, 김민정, 문순자, 박권숙, 박명숙, 한분옥, 진순분 시인을 선정하였습니다.

첨단 미디어 시대임에도 더욱 지리멸렬해가는 우리 한국인의 정신을 더욱 고양시키고 세계적인 장르로 도약하기 위하여 한국시조대상韓國時調大賞은 훌륭한 시조 작품과 깊이 있는 진정한 예술혼을 지닌 시조시인을 찾아 이를 격려하고 그 작품 세계를 널리 알리는 역할을 하고 있습니다. 이를 위하여 매회 수상작을 결정할 때 동시에 열 분 내외의 우수 시조시인을 선정하고 수상작과 함께 우수작품을 따로 묶어 단행본으로 발간하여 우리 민족의 정수요 혼인 시조를 대중화하는데 초석의 역할을 담당하고자 합니다.

이번 제9회 수상대상자 선고작업은 한국시조대상 운영위원회에서 수고해주셨으며 본심은 김제현, 이근배, 이지엽 시인이 수고하였습니다.

수상자에게는 창작지원금 일천만원이 수여됩니다.

韓國時調大賞

차 례

韓國時調大賞

자아 성찰의 역작

올해 한국시조대상 후보작으로 본심에 오른 작품은 100여 편. 심사 결과 오종문 시인의 「아버지의 자전거」가 수상작으로 선정되었다.

수상작 「아버지의 자전거」는 중년기에 겪게 된 신산한 삶과 절망적이었던 삶을 체험적인 언어로 형상화한 자아 성찰의 시조다. "몇 번 휑한 바람에 쓰러지고 부러졌다", "자전거 그 바큇살에 햇살들 반짝"이는 "접을 수 없는 길을 환하게 펼처" 평생 이루지 못한 꿈을 싣고 달려오는 자전거가 시적 메타포로 작용하면서 한 폭의 풍경화를, 아니 아프디 아픈 자화상을 그려내고 있다.

여기서 우리는 오종문 시인 시의 한 진경을 보게 된다. 수상작뿐만 아니라 「난 괜찮아 넌?」, 「서늘한 유묵」, 「각설하고」와 같은 후보작들을 볼 때, 제목부터가 구체적이며, 그의 시 세계가 모든 것을 내적으로 승화시킨 자아 성찰의 세계로 전화하고 있다. 종전처럼 사회적·역사적 탐색을 통해 얻어진 주제라 하더라도 현실 체험에 바탕한 체험적인 언어로 형상화함으로써 시적 진정성을 확보하고 리얼리티를 획득하고 있다.

「아버지의 자전거」는 그 중 대표적인 역작이라 할 것이며, 시인에게 거는 기대 또한 크다 하지 않을 수 없다. 수상을 축하드린다.

심사위원 _김제현

살아 움직이는 필력의 감동

지난 한 해도 모국어의 텃밭은 기름지고 풍요로웠다. 서로 다른 빛깔과 아름다움의 꽃을 피웠고 거둔 열매들도 곳간에 차고 넘쳤다. 아홉 해를 맞는 한국시조대상은 비록 늦게 시작 되었지만 이름의 크기로나 무게로나 줄기차게 시조를 경작해 왔고 앞으로 더욱 넓은 지평을 열어갈 모국어의 일꾼들이 다투어 차지할 몫이 되고 있다.

예심에서 올라온 시편들은 하나같이 지나온 발자취로나 한 해의 수확으로나 높낮이를 가리기 어려울 만큼 머리를 쳐들고 있었다. 그러나 한 자리만 뽑는 일임에 어쩌랴. 김제현 선생과 머리를 맞대고 읽고 또 읽은 끝에 오종문 시인의 「아버지의 자전거」를 낙점하게 되었다.

「소래나무」, 「협곡을 건너며」를 비롯한 여러 작품이 고르게 품격을 갖추었거니와 그 가운데서도 저 거칠고 바람 찬 시대의 들녘을 지나온 아버지들의 삶의 궤적이 머리와 가슴 속 깊이 박혀있듯이 따뜻한 물살로 번져오는 것이었다.

"거룩한 이름 석 자 깊은 고요로 남은/ 마음 접지 못한 길 환하게 놓여 있다/ 풍경 속 고집스러운 아버지가 오고 있다" 의 끝수에서 화자의 아버지만이 아니라 우리 모두의 아버지들의 눈부신 부활을 만나게 된다. 이렇듯 섬세하면서도 살아 움직이는 필력을 마음껏 휘두른 오종문 시인께 경의와 애정을 보낸다.

심사위원 _이근배

봄으로 가는 겸허한 마음으로

겨울나무를 봅니다. 잎을 다 떨어트린 가지가 겨울나무의 참모습입니다. 가지가 자연스럽게 뻗어 자란 그 모습 그대로의 생김새, 먹빛의 진한 농도를 더할수록, 나무는 제 스스로의 언어로 존재방식을 맞습니다. 온통 가식과 자존심으로 뭉친 시대에서 겨울나무가 말하는 진솔함을 배웁니다.

가끔은 털어놓고 싶은, 말하지 않으면 숨이 막힐 것 같은 새새틈틈 마음에 담겨진 말을 겨울나무를 통해 고백하는 이유입니다.

시조는 언어의 조합이 아닌 살아있는 유기체이며 생명입니다. 독자가 시조를 인지하는 순간에 시인의 사고를 대신하기에, 시인의 창작 시조는 곧 생명이며 혼입니다. 한 시대의 삶을 걸러내는 체험이며 서정입니다. 시인의 사상과 사고가 독자와 소통하기 위해서 다양한 색깔을 가진, 스펙트럼 넓은 시조를 채굴해야겠습니다.

이제 세상의 중력을 조금 더 가볍게 느껴볼 것입니다. 걸음의 폭을 조금씩 떼고 천천히 갈 것입니다. 더 멀리 높게 보고 몸의 균형을 맞출 것입니다.

훨씬 더 어렵고 신산辛酸해야 할 시 작업, 시인으로의 삶을 깊게 뿌리 내리는 것도 다 내 몫입니다. 저만치 봄이 오고 있습니다. 아프고, 눈물 나고 쓸쓸할지도 모를 봄의 내력을 읽어내고 싶습니다. 자꾸 떨림이 줄어드는 시조의 두근거림을 찾아 봄으로 가는 겸허한 마음으로 초록의 싱그러움을 만나야겠습니다.

'한국시조대상' 운영위원님과 심사위원님의 고마움을 크게 새깁니다. 시조의 길에 동행이 되고, 기둥이 되어준 시인들께도 감사합니다.

1960년 광주광역시 광산구에서 태어났다. 1986년 사화집『지금 그리고 여기』에「겨울 돈암동」외 6편을 발표하면서 작품 활동을 시작했다.

중앙일보 지상백일장 심사위원 및 서울문화재단 문학창작활성화지원사업, 충청남도 문학창작활성화지원사업 심의위원, 부산문화재단 지역문화예술특성화지원사업 문학부문 심의위원, 충북문화재단 및 강원문화재단 문화예술진흥사업 문학부문 심의위원장, 춘천문화재단 문화예술지원사업 문학부문 심의위원 등을 역임했으며, 강원문화재단 강원문화예술아카데미 기획서 컨설팅 컨설턴트, 제주문화예술재단 지원사업 기획서 컨설팅 강사, 각종 백일장 심사위원으로 활동하고 있다. 중앙시조대상, 오늘의시조 문학상, 가람문학상 본상을 수상했다.

시조집『오월은 섹스를 한다』,『지상의 한 집에 들다』, 6인 시집『갈잎 흔드는 여섯 악장 칸타타』, 사화집『어둠은 어둠만이 아니다』등 다수가 있으며,『이야기 고사성어』전3권(1권 처세편, 2권 교양편, 3권 애정편),『시조로 읽는 삶의 풍경들』외 아동물 다수가 있다. 엮은 책으로는『현대시조자선 대표작집』,『교과서와 함께 읽는 시조』,『시조의 봄여름가을겨울 이야기』등이 있다.

오종문

韓國時調大賞

아버지의 자전거 외 8편

어떤 사내라도 품을 수 없는 자존심이
몇 번 휑한 바람에 쓰러지고 부러졌다
그림자 더 짧아진 길
아버지가 가고 있다

화려한 날 다 보내고 뿌리를 갉아 먹는
검버섯 피어나는 평생 이루지 못한 꿈
자전거 그 바큇살에 햇살들로 반짝였다

거룩한 이름 석 자 깊은 고요로 남은
마음에 접지 못한 길 환하게 놓여 있다
풍경 속 고집스러운
아버지가 오고 있다

난 괜찮아, 넌?

눈 내린 새해 아침 허사(虛辭)로 가득한 날
어제의 한 사내가 막무가내 찾아와서
어눌한 말로 묻는다
"난 괜찮아, 넌 어때?"

한참을 망설이다 "그냥" 하고 대답할 때
별 되어 반짝인 줄 알았던 것 사무쳐 와
빛 없는 빛을 찾던 일 골수까지 파고든다

그때의 궁핍한 날 벗 되어 준 나의 시여
이제는 사무치게 때 묻은 말 다 버리고
세상이 쳐놓은 그물
조심하고 조심하라

소내나루

숨 막힐 때 너를 찾는 지독한 사랑이다
나루는 말 잊은 채 실어증에 걸려 있다
불순한 봄꽃에 홀린
사상이다
봉쇄하라

두 눈이 무방비로 겁탈 당한 풍경이다
무더기로 져 내리는 꽃잎들이 난해하다
사악삭 바람이 떠난 물결들이 술렁인다

주인 잃은 나룻배가 할 일 없이 흔들렸다
수상한 물결에 갇힌 누추한 감옥이다
안개는 수의를 입고
고요하다
탈옥하라

각설하고,

때 맞춰 갈 때 가고 돌아올 때를 알고
멈출 때 멈춰서고 나아갈 때 나아가는
한바탕 지나갈 생을
박수 치며 놀 일이다

말 속에 허우적대다 죽는다 할지라도
함부로 제 무늬를 못 바꾸는 표범처럼
인연이 다할 때까지
눈부시게 멀 일이다

하루가 주어지면 그 하루만 사랑하고
하늘이 허락하면 백 년을 더 살아가는
한 방울 피 마를 때까지
증언하듯 살 일이다

꽃잎의 낙법

이윽고 바람 불고 꽃잎들이 져내린다
세상에 고요하게 떨어지는 법 아는 듯
아뿔싸
우주율이었다
무게를 달 수 없는

목숨줄 놓아버린데 몇 찰나나 걸렸을까
거기엔 필생 동안 오랜 연습 있었을 터
뒤늦게 배달 된 봄이 근심을 툭 치고 간다

여태껏 헛것들만 움켜쥐고 있었던가
안전한 착지점을 찾지 못해 쪽잠 든다
치워라
꽃멀미였다
허리 굽혀 경배하는

불현듯,

목이 타들어가는 불같은 이 이끌림
자벌레가 기어가는 봄날은 너무 짧다
뒤늦게 허락된 외출
웅숭깊은 고요함

낯선 땅에서 만난 두려움 그 망설임
소유한 모든 것들 권리를 박탈한다
완고한 신에게 들킨
한 무더기 외로움

여러 겹 마음 가진 꽃그늘의 저 술렁임
초록을 세상 가득 잠방잠방 채워간다
눈 깜박 졸았던 걸까
무방비로 흔들림

협곡을 건너며

아찔한 벼랑길을 출렁이며 걸어온 길
모퉁이로 떨어지는 햇살들이 눈부시다
걷는 자
그 고요 속에
풍덩 하고 빠진다

날 세워 반항하는 참담한 입 다물게 할
높은 산 골도 깊고 홀로 높지 않다는 말
이제 와
하찮은 겁박
왜 입에다 거는 건가

물이 만지고 깎아 새겨놓은 저 흔적들
불끈 쥔 늙은 시간을 살짝 들여다본다
허공에
매달린 협곡
또 바람이 차오른다

절명絶命을 위하여

— 心法 66

이 생각도 불가하고 저 생각도 불가하다

한 문장을 수결하고 가슴 속이 처연했다

받아라

절체절명의

숨통 끊는 저 피의 힘

굿피플

하루를 필사하는 혼몽의 시간을 지나
조금씩 그리움이 심장으로 수혈될 때
한 통의 후원 문자를
굿피플에 전송했다

때로는 살다보면 큰 언덕이 필요한 법
외로운 하루 위로할 한 아이 밥상 위해
이천 원 작은 힘만큼
좋은 사람이 되었다

근본을 알 수 없는 마음과 마음 사이
인간에 대한 사랑 갈수록 남루해지고
전철 안 절정의 가을
깊어지고 있었다

* 굿피플 : Good People. 국제구호개발NGO 단체명.

연필을 깎다 외 9편

뚝! 하고 부러지는 것 어찌 너 하나뿐이리
살다보면 부러질 일 한두 번 아닌 것을
그 뭣도 힘으로 맞서면
부러져 무릎 꿇는다

누군가는 무딘 맘 잘 벼려 결대로 깎아
모두에게 희망 주는 불멸의 시를 쓰고
누구는 칼에 베인 채
큰 적의를 품는다

연필심이 다 닳도록 길 위에 쓴 낱말들
자간에 삶의 쉼표 문장부호 찍어 놓고
장자의 내편을 읽는다
내 안을 살피라는

서늘한 유묵遺墨

하루치 짧은 봄빛 잠시 세내 걷는 외길
제 뼈를 세운 고택 멈칫멈칫 들어설 때
기둥에 붙들려 사는
유묵들이 가득했다

필생을 다스려온 필적이 주는 속말
마음에 티끌만큼 사악함이 없었는가*
뿌리째 도굴된 내면
빈 통처럼 고요했다

저 오랜 문장 닮은 한 일가의 높은 품격
청빈한 바람 몇 점 놓아두고 돌아설 때
바닥난 허기진 슬픔
그늘이 더 서늘했다

* 사무사(思無邪) : 논어 위정편.

한밤, 충蟲을 치다

강자가 한 수 위다 본때를 보여주리라
불쾌한 동거 끝낼 며칠 벼른 특공작전
일촉발
일대 변란이
한 호흡에 달려 있다

섶 지고 불 속에 든 덫에 걸린 어린 바퀴
불 켜자 펼쳐내는 필살기의 저 경공술
그물망
매복을 뚫고
시야 밖에 진을 친다

비장의 마지막 수 어떤 간계 쓸 것인가
생물인 현실의 벽 도모 위해 힘 겨루다
열댓 평
천하를 놓고
한밤 내내 충을 치다

그 여름, 화엄의 숲

총총한 별 몸을 던진 산문에 들어설 때
뜨겁게 우는 풀벌레 제 생을 다 비우고
적막은 물소리보다
산보다 더 깊어진다

이 밤 함께 동행한 몸도 갈 곳을 잃고
사랑도 얇아져서 마음까지 둘 데 없어
무작정 오금을 박는
저 불편한 불립문자

난 안다 새벽 안개가 경계를 푼 뒤에도
내 입에 대못 치고 눈에 빗장을 걸고
면벽에 이르는 문을
결코 열지 않는다

놓아라 버리라던 묵언의 절집 한 채
고적한 산빛 주고 맑은 물빛도 주는
그 여름 화엄의 숲은
눈물 많은 누이 같다

지금 DNA의 비가 내리고 있다*

지난 봄 햇볕 두엇 도움닫기 하던 강가
버드나무 웅크린 채 견뎌 온 눈 내림 끝
유전자 프로그램이 그 봄을 낳고 있다

이 땅의 자식들이 웅얼웅얼 모여 살며
결코 은유가 아닌 또 하나의 나 꿈꾸던
자궁 속 생존의 씨앗 눈물겨운 종種이 산다

봄 한철 태양의 몸 완벽하게 숨어 들어
솎아 낸 수컷의 핵 자루 속에 넣어 놓고
얼마를 더 기다려야 완벽한 날 출산할까

다 자란 아이들이 킬킬대며 사라진 골목
이미 망해버린 신이 몰래 찾은 제단 위에
복제자 DNA의 비가 꽃비처럼 휘날린다

* 리처드 도킨스(Richard Dawkins)는 버드나무 씨앗들이 솜털에 싸
여 흩날리는 것을 보면서 "지금 바깥에는 DNA의 비가 내리고 있다"
고 했다.

혁명의 아침

내 안의, 저 하늘의 믿음 없인 곤란한 일, 빛나는 명분
없이는 더더욱 안 되는 일
　　언제쯤 그 때를 만나 이 신념을 꽃 피우랴

당신도 너도 아닌 우리 모두 키운 이념, 그 무엇에 미쳐
가며 심장을 뎁혀 가면
　　멈춰 선 수레바퀴를 굴려갈 수 있겠느냐

혁명은 그 언제나 민초의 힘 부르는 법, 칼을 쥔 손에 묻
은 피 두렵지 않는 것은
　　그대의 혀 속에 감춘 달콤함이 아니더냐

첫 입술 몰래 훔친 신비로운 혁명이란, 하룻밤 품은 창
녀 그 허무한 짧은 정사情事
　　휴지통 말라 비틀린 분노 없는 휴지이다

누군가 또 새날을 간절하게 원하는 때, 어떤 세상 신의
은총 마주할 것이더냐
　　이 아침 내 전 생애가 저 나팔꽃 같구나

적소, 사초史草를 쓰는 밤

제 허물 어지럽게 드난살던 변방의 밤
왁자한 그 일대기 덮어버린 긴 몽유여
목 놓고 사초를 쓴다
관 하나를 마련하고

한 치 앞 알 수 없는 그것이 사람의 길
입에 쓴 거친 말들 꽃피기 전 다툼 끝낸
얼룩진 결백을 쓴다
풀빛 먹인 붓을 들고

책 읽는 고단함도 깊어진 외로움도 죄
아직은 탈고 안 된 늦봄 뒤끝 씹어가며
직필의 하늘을 쓴다
물색없는 날 죽이고

늙은 나무의 말

간밤에 눈 내렸고 아무도 오지 않았다
오늘은 큰 바람에 가지 하나 더 잃었고
어쨌든 살아남았다
오백 살도 더 넘게

인간의 울타리로 들어와 산 그날 이후
해마다 네댓 가마니 열매를 다 내주고
한날은 소갈병에나 걸린 듯이 말라갔다

무수히 달린 잎사귀 그늘을 그가 걷고
공간에 담긴 시간도 언젠가는 흩어지고
이 집은 또 텅 빌 것이다
누군가가 다녀가고

갯버들 꺾어 들고

일제히 몸 가려워 몸 씻는 샛강 기슭
아직도 침거 중인 한 생각 켜 놓은 채
못 피운 꽃망울보다
얇아지는 이 봄날

계곡의 살얼음이 경전 읽고 있는 사이
들녘을 질러서 온 파르티잔 봄빛 전사
갯버들 다 풀어 놓고
주석을 단 실바람

분분한 갈대밭 속 소인 찍는 엽신 두고
사는 법 그 말미에 덧붙인 추신의 말
세상은 춘래불사춘
금일은 은유의 봄

사도, 왕도의 길

왕재란 무엇이며 또 왕도란 무엇인가
사약도 꿀물처럼 달게 마실 나를 두고
얼마나 큰 죄이기에
쌀뒤주에 가뒀는지

때로는 되는 일과 안 되는 일 있다는 것
질서를 깨는 일도 기다림이 필요하다는
가혹한 여드레 동안 온몸으로 알았다

사대의 판 뒤집을 새 책략을 건설할 때
윤오월 흉한 고변에 처참히 짓밟혔나니
기꺼이 풍문을 덮고 곧은길을 갈 것이다

당쟁의 그 촘촘한 그물코에 몸이 낀 채
끝까지 버틴 힘은 아들 산祘*이 있음이라
오늘은 생의 마지막
한 아비가 되고 싶다

* 산(祘) : 조선 22대 정조대왕 이름.

이승은

추천우수작

1958년 서울 출생. 1979년 문공부 KBS 주최 전국민족시대회 등단. 시집 『얼음동백』, 『넬라판타지아』, 『꽃밥』 외 5권, 100인 시선집 『술패랭이꽃』 등이 있다.

배꼽 외 6편

딸이 있는 이곳까지 꽃들이 와 피는 이유
나를 닮은 너처럼 네 아이는 너를 닮고
아침이 첫 문을 열고 오고 있다, 알로하

서로 나뉜 그 자리가 이런저런 생각들이
두서없이 오고가다 잠시 또 덤덤해도
참말로 나뉠 수 없어 더듬어 본다는 곳

며칠째 뒤척이며 발걸음을 떼다 말다
가까이 오느라고 가깝던 걸 두고 왔다
멀리서 멀리 보느라 비좁아진 바로 그 곳

울음

미끼를 덥석 물고 올라온 대물민어
선홍의 두 눈알이 겁먹은 게 분명하다
부레가
가빠지면서
삐주룩이 새는 소리

바다를 잃을 줄은 생각도 못했던 듯
지느러미 곧추세워 그물망을 쏠고 있다
물 바깥
내뱉는 안부,
등 비늘에 튀는 햇살

삽시간에 홍건해진 유월의 갑판 위로
물 안쪽 이야기가 파랑으로 파닥인다
참고 또
참아내느라
야위어만 가는 소리

꽃돌에 숨어

저 돌 속에 피어 있는 진달래 꽃무더기 돌 속으로 길을
내며 오신 봄도 꽃무더기 그 봄을 따라나서니 그만 나도
꽃무더기

햇살 잠깐 조는 사이 낮달이 기웃대다 가던 길 해찰하는
구름 등에 기웃대다 주파수 잡히지 않는 마음결에 기웃대다

서른 나이 그 봄부터 스무 해 더 번지도록 짓찧은 가슴
언저리 초록 물만 번지도록 울다가 그루잠 들 듯 눈물이
번지도록

발꿈치 들고 오는 샛바람에 눈을 주고 물너울 반짝이는
윤슬에 눈을 주고 이대로 숨어살자는 저 분홍에 눈을 주고

오이지

멍든 초록 기침을 무작정 뱉어놓고
오월은 떠났습니다, 여우비 흩뿌리며
기억을 더듬는 흙발이 빗물에 씻깁니다

뭐라고 속살대며 초여름이 건너와서
한동안은 메아리도 오고 가지 못하더니
두 손을 한껏 뻗어도 닿을 곳이 없습니다

몇 줌의 소금 얹듯 몇 번의 봄이 가고
먼 소식에 귀를 닫고 삭혀낸 짠맛으로
속없이 비틀거릴 때 꽃다지를 받습니다

하와이, 하와 유?

풀루메리아*

눈가에 꽃그늘이 외려 슬픈 너, 신부여
가시관 족두리여 물기 어린 다홍이여
수도원 창문에 비친 놀빛 서린 뒤태여

일랑일랑*

여자로 태어나는, 오늘이 그 날입니다
노랗게 빠져나간 꿈자리가 환합니다
밤 또한 깊었습니다 앞섶이 풀립니다

레인보우샤워*

초록 위를 여릿여릿 선명한 입술자국
흰 구름 깔아놓은 하늘 무대 배경으로
드레스 흘러내릴 듯 이어지는 춤사위

반얀 트리

한 그루 나무가 이룬 세상에, 숲이라니
가지가 땅에 닿으면 뿌리를 내린다니
저 그늘 흉내 낼 수 없는 모계의 본능이라니

머리 붉은 새

세상살이 독해야지 물렁하면 못쓴다고
말끝마다 울 엄마는 각주를 달았는데
겁 없이 날 따르다니, 네 엄마 애가 탈라

몽구스

쥐 잡아 먹으라고 들여온 녀석이라는데
밤에는 잠만 자고 마을 구경 맛 들렸다
맑은 날 꽃잎 밟으며 안마당에 납셨다

* 하와이 꽃 이름.

이를테면,

성심껏 늘어놓는 그대의 거짓말을

모르는 척 끄덕이며 조금씩 믿어주느라

초콜릿 아이스크림이 눈앞에서 녹는 경우

오래 뜸을 들였어도 뜨거워지지 않는 사이

한참을 울었는데 눈물 없는 얼굴일 때

차라리 웃어 넘겨라, 등 너머로 듣는 경우

그, 말

"눈임아"

누님아, 부르면서 눈임아, 라고 썼다
열네 살 그 쪽지는 자개공방 구석에서
온종일 주인눈치를 보며 내 발걸음 살폈다

꺼내는 말끝마다 제 손톱을 닮았다
그때 왜 그랬을까 시치미를 뚝 떼면서
내 나이 열두 살인 걸 전복껍질에 감췄다

"맏이로는 안 보내요"

물마를 날이 없던
맏며느리 어머니 손

종가의 웃음소리
손등으로 훔치시며

이웃이 나를 들먹이면
손사래를 치셨다

"끝없이 변함없이"

버리지 못한 편지 이리도 가지런해요
잉크가 번진 채로 바래이고 눌린 글씨
주술로 남아서 피니, 사랑 그게 맞는가봐요

풀물에 짓이겨진 무르팍을 닦는 사이
꽃물은 오르는데 발목은 말라가요
변하고 끝도 보이니, 사랑 그게 맞는가봐요

똠양꿍* 외 2편

몇 번을 다스려도 뭉쳐지지 않는 밥알
우리 서로 살아 온 날 낯설어진 거리인가
숟가락 맞닿는 자리 길이 길을 안는다

그러다 한술 뜨는 얼큰한 새우국물
소슬한 목 메임도 풀어가며 넘기라고
멋쩍은 웃음도 말아 함께 먹던 사거리 집

못다 푼 이 속내도 알만큼은 안다는 듯
창가로 흘러드는 저 환한 모세혈관
다 늦은 봄볕 한 접시 식탁 위에 모셨다

* 태국 음식.

겨울 꽃

잘린 대궁이의 흐느낌이 잦아지자

버텨온 꽃송이가 고개를 수그린다

그렇게 겨울은 왔다 언 목숨을 거두면서

한때 이 지상에 빛나던 약속처럼

병 속의 꽃일망정 꽃으로 환했던 것

가변성 내일의 말은 빈 칸으로 남긴다

엔드게임*

병실 문이 열린다
하루 세 끼
끼니 시간

각자 따로 먹는
힘겨운 숟가락질

요양도
배식이거늘,
물러서지 않는 식판

* 체스의 용어로 종반전을 이르는 말.

김민정

추천우수작

1985년 《시조문학》 지상백일장 장원 등단. 시조집 『누가, 앉아 있다』, 『바다 열차』 외 6권, 수필집 『사람이 그리운 날엔 기차를 타라』, 평설집 『모든 순간은 꽃이다』 외, 논문집 『현대시조의 고향성』 외. 한국문협작가상, 김기림문학상, 시조시학상, 선사문학상 등 수상.

꽃섶에서 외 6편

움츠린 세상일들 이제야 불이 붙는,
견고한 물소리도 봄볕에 꺾여 진다
하늘은 시치미 떼고 나 몰라라 앉은 날

산등성 머리맡을 가지런히 헤집으며
내밀한 언어 속을 계절이 오고 있다
느꺼이 꺼내서 닦는, 다 못 그린 풍경화

고요한 길목으로 아득히 길을 내며
봉오리 꿈이 한 채, 그 안에 내가 들면
소슬히 구름꽃 피우고 깨금발로 가는 봄날

반구정 아래

이울 대로 이운 가을 다시 찾아 왔습니다

임진강가 갈대들도 제 머리가 무거운지

뻣뻣한 고갤 숙이며 옛 생각에 잠깁니다

너도 옳다, 너도 옳다, 편 가르지 않았으니

어찌 보면 우유부단, 손가락질 당했을 법

조금 더 높은 곳 바라 끌어안은 맘입니다

개구리

바다를 가로 지른
그 새벽 탐석길에

잔설 녹아 윤이 나는
마을 어귀 돌담 너머

말똥히
눈알 굴리며
저 녀석이 납셨다

뱃길 따라 생긴 물띠
아늑하게 번져들고

치자빛 아침놀이
먼데서 바라보자

사방에
초록물 입히며,
제 몸 다시 숨긴다

빈 그릇

무엇을 담을 것인가
다시 또 이 그릇에

물결이 밀려오면
그만큼 밀려가듯

우리 생, 기쁨과 슬픔
그렇게
오고가지

모두가 비었다고
허전할 일도 없고

지금 가득 채웠다고
흐뭇한 일도 아닌

언제나 나는 이렇게
채운 것을
또 비운다

꽃씨를 받으며

이효석 문학관 옆 물레방아 휴게소에
꽃씨를 봉긋 내민 코스모스 가득하다
한 철을 살아온 흔적 까맣게 맺혀 있다

학교화단 빈 공터에 꿈밭을 만들어서
내년 가을쯤은 그 곁에 나도 앉아
발자취 더듬어 가며 내 알곡도 추려볼까

아슬아슬 피어나도 뜻 있는 곳 길 있구나
십 리 바람길에 쏟아지는 햇살 따라
육탈한 불씨 모시듯 꽃씨를 받는 오후

모바일 사랑

손쉽게 누를 수 있는 액정화면 속에서만

널 보고, 널 만나고, 접속하는 이 밀실

바람은 뼈가 없어도 그리움을 꺾는다

불꽃 튀는 접속처럼 또 가볍게 헤어지고

내 몸 가득 흐르는 쓸쓸한 피돌기여

배터리 용량만큼은 저 초록도 싱그럽다

시작詩作

실타래
풀어가듯
엉긴 나를
풀어가며

수도 없이
일어나는
생각을
꺾고 꺾어

정수리
한가운데로
낟가리를
세우는 밤

여인 외 2편

흔들지 마 흔들지 마
가지 끝에 앉은 고독

와르르 무너져서
네게로 쏟아질라

점점이
흐르는 불빛
불빛 묻고 흐르는 강

꽃, 그 순간

하늘의 벅찬 숨결
그대로 땅이 받아

홀로된 꽃대궁도
꽃씨를 받아둔다

순간은 모두 꽃이다
네 남루도 그렇다

홍매

달빛 한 사발을
누가 건져 올리는가

차르르
물소리가
봄밤을 다 적신다

짧아도
너무 짧았던
그 밤에 스친,
눈빛

박현덕

추천우수작

1967년 전남 완도 출생. 1987년《시조문학》천료. 1988년《월간문학》신인
상 시조 당선. 시집『스쿠터 언니』,『1번 국도』,『겨울 등광리』,『야사리 은행나
무』외 다수. 중앙시조대상, 한국시조 작품상, 시조시학상, 오늘의시조문학
상, 김만중문학상 등 수상. '역류' 동인.

겨울 삼척항 외 6편

야트막한 언덕 횟집, 동해를 바라본다
오후 한때 소솜한 빛 부두로 눕거나
그칠 줄 모르는 눈발에 어선처럼 묶여 있다

어둠에 익숙해진 마음들이 출항하고파
유리창 열고 나가 방파제 둑을 걷다
다 늦게 바람에 걸려 울음소리로 덮는다

흐린 날의 연속처럼 저녁이 지나 간다
곰팡이 밴 민박집, 바람은 박음질하고
그렇게 저물어가는 생의 어느 한 굽이

가을비

지리산 밑 수월리 월곡마을 비 내린다
고요만 켜켜 쌓인 매천사 사당에도
또 한 줄 절명시 쓰듯 기왓골 풀 적신다

온 몸에 피가 돌아 가으내 산 물들여
대청에 노고단을 불러다 앉혀 놓고
세월을 묶어 놓은 채 술병을 비운다

퇴락한 고택처럼 늘 깊은 잠에 빠져
허물어진 벽 사이로 바람이 드나들뿐
홀로된 노인의 생이 오죽처럼 꼿꼿하다

밤 빗소리

해질녘 목이 말라
창문 열고 담배 핀다

뒷주머니 넣고 다닌
땀에 젖은 지폐처럼

하루의 이마 짚어가며
빗방울 떨어진다

그렇게 시간은 가
투명한 울음으로

슬몃 잠이 들었던
메마른 영혼 깨워

내 안의 아픔을 헹궈
물꽃 피워 올린다

해질 무렵

질통을 맨 어깨가 기울어져 멍이 든다
땀범벅 작업복과 비탈진 골목 오르면
어둠에 점령당한 집, 벌겋게 불을 켠다

국숫집 면발 같은 가슴 속 마른 눈물
전선줄 참새떼가 그 상처 갉아 먹어
하루를 오물거리다 평상 앉아 혼술한다

벅수 정거장

벅수* 뒤로 복사꽃 흐드러지게 피었다
희미해진 기억처럼 길은 더 넓어지고
버스가 멈춘 정거장, 사람들 북적인다

환한 마음 허하게 꽃 하나가 떨어진다
누군가는 시간에 등 떠밀려 버스를 타
밀감빛 하루 끝물에 뼈가 더욱 시린다

봄 여름 가을 겨울 깊어진 흉통만큼
바람센 길 위에서 투명한 잠에 닿아
간간이 눈을 감으니 꽃비가 몰아친다

* 벅수 : 마을 어귀나 다리 또는 길가에 수호신으로 세운 사람 모양의
형상.

바람

그 여자 우는 소리에 배롱나무 꽃 진다

구겨진 일상처럼, 부들부들 떠는 햇살

들판을 어깨에 멘 채 정자로 발 내민다

우수수 떨어지던 심난한 마음이여

먼 산 하나 바라보다 가만히 쪽잠 들면

그 여자 꽃 다 진 자리, 밤 괭이 울음이다

밤 군산항 1

밤 군산항 장례식장 불빛 또한 침침하다
찢어진 책장처럼 항구는 나풀대고
문상 온 노동자 몇몇 달빛을 묶어 둔다

높새바람 뜸한 사이 부두 전집 창쪽 앉아
여름 끝물 하늘에 둥실 뜬 보름달을
가만히 술잔 담으면 휘청거린 가장 보인다

고철 같은 조선소, 문 닫는 자동차공장
안주로 오르내린 허망한 추억들이
히로쓰 샤미센 가락에 흰 물꽃을 피운다.

* 히로쓰 : 적산가옥.
* 샤미센 : 일본의 현악기.

스쿠터 언니 외 2편

노란색 스쿠터를 몰고 나간 다방 언니

상점마다 굳게 다문 입을 열어 파릇한 아침 공기를 마
신다 지난 밤에 취객이 쏟아놓은 욕망들 말끔하게 치워져
있다 전봇대에 낡은 양복 걸어둔 채 深海에 가라앉아 산
란을 꿈꾸던 사내도 도망친다 바람의 꼬리를 물고 늘어지
는 읍엔 빈 소문들이 무성하다

소읍의 삼거리 지나며 또 바람소릴 듣는다

허기진 배 움켜쥐고 얘기 나누고픈 철물점과
간판이 너덜거리는 역전 광장 이발소와
언니는 버스 터미널까지 물음표를 찍고 온다

노란색 스쿠터가 거리를 달릴 때면
끝내는 어지러워, 날개빛이 노랗다
더듬이 힘들게 세운 노랑나비 우리 언니

오후 2시

나른해 배꼽부터 힘주고 기지개 켠다
뼈가 도미노처럼 한 곳으로 휩쓸리더니
별안간 막춤 추다가 꼿꼿하게 일어선다

지금 목 바짝 마른 옥탑방이 짖어댄다

저녁 내내 죽부인처럼 껴안고 잔 먼지들이 어둠의 내부
를 몰래 보여준 오후 2시. 잠시 유리창 뚫고 들어온 허연
칼날에 비명 지르며 뚝뚝 떨어진다. 평상에 앉아 사거리
끌어당기니 리어카 가득 폐지 싣고 언덕을 넘어가는 노부
부, 산 하나 밀고 간다.
희망슈퍼 파라솔 아래에선 얼굴 벙글게 맥주 거품까지
홀짝인 공사장 인부 몇 팔뚝에도 문신 같은 못자국으로
못 돋친 장미가 피는 것 아닐까

하늘은 눈 따갑도록 플래시 터뜨린다

눈 울음

저만치 등 떠밀리며
창 밖 가득 눈이 운다

밤새도록 떨고 있는
별정직의 마음처럼

꽃보다
마흔이 진다
울음으로 질척하다

진순분

추천우수작

1990년 경인일보 시조, 《문학예술》 시 등단. 시집 『안개꽃 은유』, 『시간의 세포』, 『바람의 뼈를 읽다』, 『블루 마운틴』(현대시조 100인선)이 있음. 시조시학상, 수원문학작품상, 한국시학상, 경기도문학상 등 수상.

둥그런 잠의 꿈 외 6편

해질녘 무료급식 하루 한 끼 때우고
포장박스 간신히 비집고 들어 몸 누인다
겹겹이 옷 껴입어도 손발이 어는 섣달 밤

한파를 견딜 수 있는 건 그나마 알콜 농도
몸처럼 찬 바닥에 나뒹구는 소주병들
빚더미 쌓여만 가듯 짓누르는 삶의 무게

뿔뿔이 흩어져도 빚 걱정 끼니 걱정
우린 언제 따뜻한 밥상에 모여 앉을까
죽어도 눈 감지 못할 사랑하는 피붙이들

어머니 뱃속 태아처럼 한껏 웅크린 채
둥그런 잠, 얕은 꿈조차 발이 시려오는
새봄은 아직도 멀다 눈썹 끝에 눈발 날린다

불현듯 깊어질 때

저물녘 어디선가 부르는 소리 들립니다
헐벗은 나무들은 저희끼리 몸을 부비고
먼 하늘 개밥바라기 온몸으로 빛납니다

한 그루 나목으로 눈 감고 귀 기울이면
정녕 송두리째 나를 버리라 합니다
텅 비워 맑은 그곳엔 함박눈 내립니다

가난한 마음이 따뜻이 불 지피는 듯
천지에 둥근 그 이름 꽃이 피어납니다
고요히 낮은 곳에서 화두 하나 깊어집니다

돌아보면 다 꽃입니다

떠나는 이 앞에선 그저 죄만 같습니다
시간은 눈물 겉고 계절은 절룩거리고
여윈 채 새로 눈 뜸이 아픔일 줄 몰랐습니다

산다는 건 난만히 꽃 진 자리 끌어안는 일
그리움 정점에서 맑은 멧새 울음 찍는 일
사무쳐 가슴 도려낼 줄 정녕코 몰랐습니다

산기슭 거북바위에 곤줄박이 쫑긋댈 때
고향 우물 두레박에 싸리울 시래기에
서설瑞雪은 아무 일 없듯 가만가만 쌓입니다

보낼 사람 보내야 새롭게 허울을 벗는
매운 한파 녹이듯 절명시 활활 타올라
여기는 잠시 소풍 온 곳, 돌아보면 다 꽃입니다

스승의 나무*

스님이 심어놓은 향목련 나무 세 그루
열반 후 스님은 그 나무 아래 모셔지고
제자는 스승 모시듯 감싸주며 쓸어준다

아침 해 공양받듯 날마다 문안드린다
생전에 손수 만든 빠삐용의자 햇살에 졸다
자투리 몸까지 다 주고 기대라며 등 내준다

세상은 절해고도 생을 낭비하지 말라고
스님의 전언에 한껏 몸 낮추는 나무
꽃향기 멀리 가는 후덕함, 마저 그늘 내준다

* 법정 스님이 불일암에 40년 전 심은 나무.

망상 해변 밤 파도

놓아줘, 놓아줘, 시방 여기 모인 언어는
무심히 한 쪽으로 한쪽으로만 열려와

귀 막고
눈을 감아도
밤새 헤어날 수 없네

달려오는 물살의 뼈, 바람 늪에 누운 소리
가슴의 시름 놓고 어느 먼 별을 생각하네

남몰래
들끓는 열병이
제 키 넘어 뒤척여 우네

얼음 소통

한 마리 은빛 빙어 얼음 혀를 핥는다
찰나에 볼 닿을 뻔, 온몸 소스라친다
촘촘한 얼음 뼈마디 속울음 깊어진다

소리 내 울 수 없는 캄캄한 언어들이
가슴 깊이 무덤을 파고 들어간 이름이
이 우주 얼음에 갇혀 내내 소식불통이다

그토록 기다린 안부 하얀 눈꽃 피운 날
푸른 정맥 돌듯 새로운 물결이 온다*
감성은 살이 베인다, 심장이 마구 뛴다

낯선 미래 커튼 열듯 서서히 열린다
투명한 속살 환히 뵈는 모세혈관 따라
마음속 쩡! 결빙 가른다, 날 선 햇살 꽂힌다

* 미래학자 최윤식, 최현식의 저서 〈제4의 물결이 온다〉.

먼나무

너 하나 바라보다 그만 눈이 멀어버렸다

다수굿 잎사귀 눕혀 도드라진 새빨간 속살

눈먼 채 온몸 밝혀 선, 오롯이 먼 네가 온다

매미처럼 외 2편

너를 부르고 부르다 붉은 피를 토하리

피맺힌 그 울음 심장에 꽂힐 때까지

한순간

타오른 사랑

목숨 한 벌 벗을 때까지

못을 품다

본디부터 나는 어미 가슴에 박힌 옹이
깨어나라, 깨어나라, 간절한 기도처럼
정점을 곧게 내리친 서슬 푸른 자존 하나

애당초 어미에게 시린 슬픔은 아닌 것이
끝끝내 아뜩한 벼랑 절망도 아닌 것이
먹먹한 말없음표로 가슴 치는 진눈깨비

닿지 않는 삶은 꽃핌과 꽃 짐 그예 티끌
끊어라, 끊어라, 피 뜨거운 그리움의 죄
허울에 대못을 친다 욕망에 대못을 친다

본디부터 나는 아비 가슴에 박힌 상처
시대의 서러움을 징소리로 울음 울 때
눈물에 녹슬지 않는 견고한 목숨 하나

벌레 보살

고맙습니다 주렁주렁 붉은 고추 토마토
알알이 영근 옥수수며 강낭콩 애호박
햇빛과 비를 내리어 열매를 맺어주시니

땅속에서 기름진 흙 일궈준 지렁이와
열매 키운 무당벌레와 꽃가루 나른 벌들
묵묵히 긴 날 수고한 보살들이 고맙습니다.

삼복에도 밭에 오면 매미 먼저 울어주고
김매주고 북 주며 흘린 땀만큼만 주시니
곡식알 한 알조차도 허투루 받지 않습니다.

박권숙

추천우수작

1991년 중앙일보 중앙시조백일장 연말 장원. 시집『뜨거운 묘비』,『시간의
꽃』,『모든 틈은 꽃핀다』등과 5인선집『다섯 빛깔의 언어풍경』이 있음. 중
앙시조대상, 노산시조문학상, 이영도시조문학상, 최계락문학상 등 수상.

비오는 거리 외 6편

낯선 처마 아래로 어깨를 웅크리고
익명의 꽃이 되는 사람들을 지우며
민방위 사이렌만이 달려가고 있었다

정지된 욕망들이 파종한 물의 씨앗
발아한 섬광처럼 유리창을 번득이며
단숨에 콘크리트 숲을 공습하는 소나기

신호는 일방통행, 막 파란불입니다!
물방울 속에 갇힌 도시의 출구들이
일제히 사이렌 쪽으로 쏟아지고 있었다

콩을 볶다

세차게 들볶이는 자음과 모음처럼

콩알들 번철을 치며 일곱 걸음 걷는 동안

목숨과 맞바꿨다는 시가 튀어 오른다

태어나기 전부터 콩깍지 속에 영근

뜨거운 모국어가 껍질을 터트리며

한 순간 절체절명의 시가 튀어 오른다

종말이 화사하다

마지막 꽃을 참하고 완결한 적막처럼

날아가 버린 것이 새 뿐이 아니라면

유정한 마침표 하나 세상 밖으로 던져진다

대낮에도 눈 부릅뜬 별이 다 보고 있다

낭자한 빛의 여백 낙화가 여닫을 때

꽃보다 만발한 허공 종말이 화사하다

접골

수직으로 빛나는 뼈를 일으켜 세우는 봄

쑥 냉이 민들레 취 흙의 연골 갈아 넣고 구름 안개 눈 비 이슬 물의 뼈도 채워 넣고 매화 목련 복사꽃 해거리 앵두에도 바람의 관절 마디마디 맞추어 넣는 접골인데

도시는 구멍 숭숭한 골다공증 앓고 있다

콩나물에 대한 명상

쉼 없이 빛을 꿈꾸고 노래를 꿈꾸었다

캄캄한 꿈과 눈물로 탱탱 불어 오른 우리, 둥근 난생 신화로 탱탱 불어 오른 우리, 기회는 평등하게 탱탱 불어 오른 우리, 자유를 향한 일념으로 탱탱 불어 오른 우리, 어둠의 뿌리 박차고 하늘 열어젖히며 직립의 금빛음표로 터질 듯 차오를 때 시루는 우리가 맛본 최초의 민주주의

자유와 평등의 온기, 콩나물국 한 그릇

곶감

저것은 하마터면 붉은 재로 사월 뻔한
다 울어버린 종이 떨리는 숨 소진하고
적막의 테두리 속에 가두어버린 울음이다

다 타버린 불꽃이 뜨거운 춤 소진하고
사라지기 직전의 빛 같은 걸 가까스로
끝끝내 붙들고 있는 바람의 기억이다

찔린 가슴으로도 허공을 건너고
필생의 가을을 혼신으로 버텨내는
저것은 시간이 피운 기다림의 꽃이다

첫눈이 오기 전에

첫눈이 오기 전에 잠들지 못한 이는
손 시린 그리움의 윗목을 맴돌다가
사랑이 만든 여울을 오래 바라 볼 것이다

첫눈이 오기 전에 집집의 불빛들은
추운 길 어디선가 돌아올 기별처럼
어둠에 편입되지 않는 연대기를 꿈꾸고

첫눈이 오기 전에 잊혀 질 비밀 같은
골목과 혼자 떠난 영혼과 별은 모두
외투의 깃을 세우듯 깊이 잠들 것이다

가야로 부는 바람 외 2편

박물관 뜰을 채운 적막을 베틀 삼아
그리움도 열다섯 새 날실로 짜다 보면
사라진 왕국 하나가 펄럭이는 바람결

그 바람 몸을 맡긴 오동꽃 등불 아래
가야금 한 채씩을 품고 선 나무들은
천년을 흐느껴 우는 한 사내를 닮았다

그 울음 휘감고도 남은 바람 한 자락
순장의 와질토기 금 사이로 얼비치는
캄캄한 아니 찬란한 신화 쪽으로 출렁인다

쇠뜨기

불가촉 천민으로 이 땅을 떠돌아도
너는 가을벌레처럼 흐느껴 울지 마라
풀밭에 온몸을 꿇린 소처럼도 울지 마라

세들 쪽방 하나 없어 어린 뱀밥 내어주고
흙 한 뼘 햇살 한 뼘 지분으로 받아든 죄
무성한 바람소리에 귀를 닫는 저물녘

뽑히면 일어서고 짓밟히면 기어가는
너는 끊긴 길 앞에서 아무 말 묻지 마라
허공에 흩뿌린 풀씨 그 길마저 묻지 마라

접시꽃

낯달을 이마에 올린 수녀원 담을 따라

오후의 기울기가 쓸쓸해진 네 시 무렵

금이 간 그리움처럼 빈 접시가 붉었다

바람의 무게중심이 바뀔 때마다 휘청

받쳐 든 절대고독 반쯤 쏟다 남은 자리

또다시 붉게 고이는 여름 적막 한 접시

박명숙

추천우수작

1993년 중앙일보 신춘문예 시조 당선. 1999년 문화일보 신춘문예 시 당선.
시집 『은빛 소나기』, 『어머니와 어머니가』, 『그늘의 문장』, 시선집 『찔레꽃 수
제비』 등. 열린시학상, 중앙시조대상, 이호우 이영도시조문학상 등 수상.

위미 동백 외 6편

동백이 한 잎씩 제 몸을 열 때마다
파도도 한 자락씩 제 팔을 벌린다
한 구비 붉은 파도가 한 송이 꽃을 받는 섬

핏물 밴 숨비 소리 평생을 길어 올리며
마을의 동백숲이 숯불을 지피는 날
물중중 이랑 헤치며 어머니도 돌아오신다

하늘과 물의 넋이 따로 살지 않아서
천둥도 해일도 한 목숨으로 돌아드는데
위미리 동박낭 강알*마다 벽력 같은 꽃이 핀다

* 동박낭 강알 : 동백나무 가랑이.

궂은비 읽기

아침부터 주룩주룩 봄비를 읽어간다
세로글 내리닫이로 속도를 높여간다
책장을 넘길 때마다 빗줄기가 굵어진다

세상에 끼워 넣어 가둘 수 없는 산문처럼
띄어읽기도 띄어쓰기도 할 수 없는 봄비를
숨 가삐 소리를 높여 주룩주룩 읽어간다

불갑 석산

불똥을 떨어뜨리며 불수레가 굴러오는지

부릅뜬 눈썹들이 불침번을 서고 있다

벼락을 맞은 어둠이 창을 쥐고 달려오는지

아무래도 전생의 무간지옥을 만난 건지

깊은 산 아랫도리가 불잉걸로, 불잉걸로

마지막 숨이 들끓는 시왕처럼 내려앉는다

주식회사 잡초

주식회사 잡초는 어둠 속에 당당했다

십자가처럼 홀로 누워 어디로든 길을 냈다

바람의 희로애락을 모시고 한 살림 일구었다

달빛도 켜지지 않은 울창한 어둠 속에서

짓밟히고 내몰려도 몸은 더 뜨거워졌다

붐비는 통성기도들이 변두리마다 타올랐다

지나간 1교시

칠판의 넓은 이마를 짚어나가던 손가락이
느닷없이 내 이마로 넝쿨지며 뻗어오던

여선생, 차가운 가을날의 미열 돋던 1교시

출석부 귀퉁이처럼 아침은 너덜대는데
건반인 듯 성큼성큼 건너오던 발걸음의

여선생, 서늘히 스쳐가던 치맛자락의 1교시

데드 존

― 현산

산 너머 파도 너머, 이승 너머 이승으로

비바람에 떠밀리며 뒤웅박처럼 가신 그대

하늘 길 세들어 살던 저승보다 먼 그대

탱자울 가시마다 잔명殘命을 내어걸고

우물보다 캄캄한 하루를 긷던 그대

시대를 가로지르던 어긋난 그대, 맨발

강남달이 밝아서

꽃 지고 잎은 흘러 산자락이 비었겠네
개울 홀로 달 켜들고 비탈길 올라서겠네
적벽의 뼈 마디마디 실금처럼 딛고 가겠네

돌아온 내 설움도 달빛에나 헹궈 볼까
강남달이 밝아서 님이 놀던 곳이라니*
늦여름 철지난 밤이면 옛사랑도 만삭이겠네

* 가요 '낙화유수' 가사 일부 차용.

신발이거나 아니거나 _{외 2편}

저것은 구름이라, 한 켤레 먹구름이라
허둥지둥 달아나다 벗겨진 시간이라
흐르는 만경창파에 사로잡힌 나막신이라

혼비백산 내던져진, 다시는 신지 못할
문수도 잴 수 없는 헌 신짝 같은 섬이라
누구도 닿을 수 없는 한 켤레 먹구름이라

쪽잠

쪽잠을 자는 것은
쪽삶을 사는 것

잠이 자꾸 쪼개지면
삶도 그리 쪼개지나

살얼음
건너는 하룻밤을
잠자리마다 금이 가나

서너 시간 죽었다가
서너 시간 깨어 보면

들고나는 잔 목숨이
처마를 잇대는 듯

절반쯤

열린 창문이

반쪽 달을 물고 있다

겨울, 전선

생각을 겨루듯 까마귀들이 앉아 있다
나는 일은 언제나 거기서 거기일 뿐
칼집 속 날을 여미고 무장한 채 앉아 있다

칸칸이 한 채씩의 감옥처럼 들어 앉아
갑옷을 스쳐가는 낯선 바람은 쓸 만한지
골똘히 삼매에 빠진 풍찬노숙의 검객들

칼집 속 긴 생각은 언제쯤 꺼내 드나
외가닥 겨울 화두로 흐르는 검은 눈들이
타드는 전선 위에서 용맹정진 묵상 중이다

문순자

추천우수작

1999년 농민신문 신춘문예 당선. 시집 『파랑주의보』, 『아슬아슬』, 시선집 『왼
손도 손이다』 등. 시조시학 젊은시인상, 한국시조작품상 수상.

우도땅콩 외 6편

휘익 휙 새우깡 날려 갈매기 몇 홀려본다
갑판에서 바라본 우도행 저 바닷길
도항선, 방금 온 길도 흔적 없이 지워낸다

벌 나비나 바람은 내 취향이 아니다
제 꽃에 제가 겨운 나는야 제꽃정받이
잠자리 꽁지를 꽂듯 땅속에 알을 슨다

함부로 말하지 마라, 콩알만 한 땅콩이라고
무적도 숨비소리도 서빈백사 저 노을도
반쯤은 바다에 빠져 절반만 여문 거다

혜화문 아래

북대문 달았으면 그냥 열고 볼 일이지
간혹 그대 맘도 열어놓고 볼 일이지
몇 갈래 골짜기처럼
흘러내린 창경궁로

저 문을 넘어서야 새 세상 열리리라
기대 반 두려움 반 떠밀리고 떠밀려
제주서 유배를 오듯
둥지 튼 내 딸아이

그때 그 광장에 촛불마저 사윈 자리
자동차 불빛들이 물소리로 떠 흐른다
첫 월급 명세서마냥
카톡 카톡 떠 흐른다

어느 비닐하우스

여자에게 과거는 묻는 게 아니랬다
사나흘 뭍나들이 헛바람 든 감귤밭
여름순 가을순 가리랴
부나비 사랑 같은

그 사이 은밀하게 알 슬은 귤굴나방
하우스 몇 평 없으면 그게 어디 농사꾼인가
이파리,
저 은빛 공사
영락없는 비닐하우스

이래뵈도 내 꿈은 바람 타는 비닐하우스
쇠붙이 하나 없이 맨몸으로 굴을 파는
애벌레, 성스런 농법
내 무릎을 꿇는다

넥타이

봄이면 습관처럼,
습관처럼 무장을 한다

왼쪽엔 전정가위
오른쪽엔 전정톱

퇴직한
넥타이, 저도
내 허리를 조인다

금니빨

우리 밭 가는 길엔 날 피하는 곳이 있다
전설처럼, 입에서 입으로만 떠도는
지명도 적나라하다, 도둑년 묻은 테역밭

세월 따라 이 땅에 흘러든 무덤 너댓
개자리 애기똥풀 방가지똥 도깨비바늘
서러운 이름 부르듯 철없이 피어났다

숭어 뛰자 망둥어 뛰듯 덩달아 땅값은 뛰어
누군가 슬그머니 돌담 몇 개 둘렀다
그 옛날 도둑년같이, 저 망할 도둑놈심보

모처럼 친정에 와 가타부타 참견하다
"속숨허라, 딸들은 허가받은 도둑년이여"
금니빨, 환하게 웃는 구순의 내 어머니

갯메꽃

똥깅이도 마다하는 돌염전 가장자리
가다가 뿌리 하나, 가다가 또 뿌리 하나
바다와 육지의 경계, 연두로 깁는 봄날

그런 봄날, 다 식은 불턱에도 온기가 돌아
휴대폰 액정 속에 자맥질하는 구엄바다
자잘한 이파리들이 갯메꽃 떠메고 간다

각시투구꽃

가도 가도 간도 땅
연길 너머 간도 땅
비룡폭포, 장백폭포, 그게 그 이름인데
나는 또 이쯤에 와서 무어라 불러야 하나

무어라 불러야 하나,
내 안의 이 간절함
각시 각시 새각시, 남남북녀라는데
어느 뉘 여전사마냥 북파능선 오른다

광복절 그 다음날 하필이면 너를 만나
대놓고 통성명도 못하는 우리 사이
백두산 가을을 당겨
물소리로 젖는다

박달나무 꽃피다 외 2편

박달나무 박달나무 긴 주걱 따라가면
밥 달라 밥 달라는 예닐곱 살 구엄바다
무쇠솥 처얼썩 철썩
휘젓는 어머니의 노

제천장 좌판에서 그 주걱 또 만났네
한세월 거슬러온 박달재 고갯마루
아버지 낮술에 묻어 '희망가'도 따라왔네

오늘은 김장하는 날, 친정집은 잔치마당
젓갈이며 고춧가루 세상사 휘젓고 나면
한겨울 긴 주걱 끝에
덕지덕지 피는 꽃

굼벗냉국
― 친정바다 5

한 사흘 술 취한 바다
다 받아준 어머니
새벽부터 콩밭머리 빈속으로 앉아서
호미 끝 바람 붙들고 너울너울 하소하네

아버진 아버지대로 그냥 있지 못해서
대소쿠리 든숭만숭 바다로 나가시네
갯바위 굼벗*처럼 붙어
굼벗을 캐네시네

또 한차례 전쟁이듯
데치고 딱지떼고
한 사발 화해의 양념 듬뿍 얹은 굼벗냉국
어머니 밥상머리에 슬그머니 밀어놓네

* 군부의 제주사투리.

지구를 찾다

한라산도 수평선도 한눈에 쏙 박히는
제주시 외도동은 그야말로 별천지다
아파트 옥상에 서면
대낮에도 별이 뜬다

수성빌라 금성빌라 화성빌라 목성빌라
그것도 모자라서 1차, 2차 토성빌라
퇴출된 명왕성만은
여기서도 안 보인다

스스로 빛을 내야 별이라고 하느니
얼결에 궤도를 놓친 막막한 행성처럼
내안에 실직의 사내
그 이름을 찾는다

한분옥

추천우수작

2004년 《시조문학》 등단. 2006년 서울신문 신춘문예 시조 당선. 1987년 《예술계》 문화예술비평 당선. 시조집 『꽃의 약속』. 『화인火印』. 『바람의 내력』, 한영 번역집 『Conviction of Flowers』. 한일 번역집 『枕香』. 《시조정신》 편집 및 발행인, 외솔시조문학상 운영위원장.

돌이나 삶아 먹고 외 6편

쌀알 같은 싸락눈이 댓돌 위에 내리어서

누구도 알지 못할 내 가난한 시린 등에

차고도 슬픈 별 하나 홀로 업고 허청댄 밤

어둠인 내 안에서 돌이나 삶아 먹고

풋잠 든 새벽녘의 꿈이면 또 꿈이라서

꽃 지고 잎 진 다음에야 벽을 안고 돌아눕지

슬픔 한 벌

밤하늘 북두칠성 북극성에 소처럼 매여

오금을 못 펴고선 풀잎이나 뜯을 때

명줄에 꿰인 가난이 죄지은 듯 죄인 듯

불현듯 나를 더러 스무 살 돌려준다면

덥석 받아 안을까 푸른 봄 다 준다면

그 봄 다 어쩔 것인가 누가 다시 돌려준다면

그 여자를 위한 변명

1.
건넛집 그 과수댁 창틀에 얼기설기
뒤엉킨 당초덩굴 그게 죄는 아닌 것을,
사내는 배꼽도 안 뗀 것 남기고는 갔다거니

산그늘 설핏하면 홀로 몸을 뉘는 여자
물오르면 물오른 채 숨 쉬고 살고 싶은,
차라리 말 잃고 살망정 그게 죄는 아닌 것을

2.
분곽을 여는 여자 그 옆을 지나는 남자
바람이 불 적마다 치마폭이 뒤집힐 듯
그 사이 놀란 산수유 질펀하게 피던 날

봄볕에 휘감긴 몸 그 바람에 차진 살맛
짐짓 너스레로 앞섶을 당기더니
아이 참! 삼월 햇살이 오뉴월 땡볕 같네

머슴새가 운다

미나리 새순 같은, 속곳보다 얇은 햇살
언 땅에 발붙이고 사려온 질긴 날에
뒤꼍에 오지 물두멍, 얼어터질까 두렵네

그믐날 외상값은 밑동 씻듯 갚아놓고
오면 오고 가면 간다는 말빚도 빚이라서
빈 독안 쌀 긁는 소리에 머슴새가 운다

당긴 소매 찢어질까 자칫 젖어 얼룩질까
바람만 불어와도 다하지 못할 그 날을
제물에 제 울음 풀며 부르튼 입술 깨무는,

끈끈이주걱

비릿한 입 단내, 소문은 무성하고

황급히 꽃을 펼쳐 목덜밀 잡아채다

살아서 나가는 이 없는 천일야화 쓰는 밤

외마디 울음사이 혀를 깨문 세라자드*

그런 날 그런 밤엔 배수진 촘촘 치지

이튿날 어기적어기적 걸어 나간 단서는

* 〈아라비안 나이트〉의 여 주인공.

옹이

맞아도 된통 맞아 맞고도 맞은 자리
상처가 향기 되어 미움도 한 몸 되어
아직은 지문이 남아 몹쓸 향기 향기여

꽃 멀미 몸 멀미에 넘어져도 좋은 날에
비릿한 속살 풀어 봄밤이 다급한 날
터지듯 봇물 터지듯 울음 장단 터지는

원망는 짓무르고 살이란 살 이내 터져
흉터도 이력이라 이를 물고 못을 치는
울어라 울어라 실컷 단단하다 울음 방패

상사화

논두렁 밭두렁에 피는 꽃도 꽃은 꽃

언젠가 어디에서 화들짝 함께 피는

그날이 오긴 오는가, 그 말 어찌 믿을까

시퍼런 작두날에 때 아닌 천둥치고

너와 나 사이에 천년 세월 놓일망정

상사화 피우진 말자 모란꽃도 이운다

沈香 외 2편

진흙 속 갈참나무 차고 맑은 머리맡에

혼곤한 그 시간의 향기를 봉해 놓고

한사코 가라앉느니, 천년 잠의 깊이여

화인火印
— 선덕의 말

용포 대례복 벗고 그냥 저 궐문 밖

빛바랜 치마섶이리, 그대 앞에 꺾은 무릎

그제사 뜨겁게 운다 해도 하늘을 벤다 해도

기름을 부으리니, 타 붙는 그대 몸에

치닫는 오름 끝에 금팔찌를 벗어놓고

통곡을 땅에 묻고도 살을 지져 울지니

비

내 마음 빗살무늬 흙그릇 앞에 놓고

생목을 조여오던 비의 말을 들었던가

함께 짠 시간의 피륙 어디에도 없는 비

가슴 속 물웅덩이 울음 우는 물웅덩이

매우듯 오는 비에 어느 뉘 발자국인가

몸 먼저 알아채는가 살 냄새 훅! 닿는다

제9회
한국시조대상 수상작품집

초판 1쇄 인쇄일 | 2019년 03월 04일
초판 1쇄 발행일 | 2019년 03월 09일

엮은이 | 한국시조대상 운영위원회
펴낸이 | 노정자
펴낸곳 | 도서출판 고요아침
편   집 | 김남규

출판 등록 2002년 8월 1일 제 1-3094호
03678 서울시 서대문구 증가로 29길 12-27 102호
전화 | 302-3194~5
팩스 | 302-3198
E-mail | goyoachim@hanmail.net
홈페이지 | www.goyoachim.com

ISBN 979-11-966367-4-6(03810)

*책 가격은 뒤표지에 표시되어 있습니다.
*지은이와 협의에 의해 인지는 생략합니다.
*잘못된 책은 교환해 드립니다.